ç & Z
7183
(82)

"Patrie"

MAXIME VUILLAUME

PARIS
Sous les Gothas

20ᶜ·
Le récit complet
illustré

E. ROUFF, Éditeur, 60, rue de Vaugirard, PARIS.

LA COLLECTION "PATRIE"

20ᶜ L'OUVRAGE COMPLET ILLUSTRÉ **20ᶜ**

OUVRAGES PARUS :

20ᶜ le récit complet illustré **20ᶜ**

Il paraît un nouvel ouvrage tous les Vendredis

En préparation : L'Odyssée d'un Sous-Marin anglais. — La Tranchée de Calonne. — A la rescousse.

F. ROUFF, Éditeur, 148, rue de Vaugirard, PARIS-15ᵉ

PARIS Sous les Gothas

1

L'alerte au cinéma

JEANNE se mit à la fenêtre pour interroger le ciel.

— Mère, ils ne viendront pas ce soir. Le temps est gris, et il tombe déjà une petite pluie fine.

La mère regarda à son tour le ciel, qui, entre les nuages noirs, montre des éclaircies.

— Le temps peut changer. Enfin, tant pis pour toi s'il y a alerte... Nous en serons quittes pour rentrer à la maison.

— Eh bien! c'est entendu, reprit la jeune fille... Tu sais, mère, je tiens à voir la deuxième partie des *Travailleurs de la mer*, de Victor Hugo... Lorsque nous sommes allées au cinéma l'autre semaine, le rideau, si j'ose dire, est tombé sur la scène de la pieuvre, quand Gilliatt aperçoit le monstre, qui plonge dans la mer et disparaît...... Je me fais une fête de voir le combat entre le hardi marin et la pieuvre géante...

L'heure d'ouverture du cinéma était proche.

Les deux femmes se mirent en route.

— Le temps s'éclaircit, dit la mère. Jeanne, prends garde à toi. Rien ne me surprendrait si, tantôt, nous avions une désagréable surprise.

— Mère, tu vas nous porter malheur... Je t'en prie, aie confiance. Si tu savais ce que j'ai été intéressée par la première partie des *Travailleurs de la mer*. J'en ai rêvé toute la nuit...

Jeanne entra avec sa mère dans la salle du cinéma.

Les stalles étaient garnies de spectateurs, qui, tous, attendaient avec impatience la suite du drame terrible, la lutte entre le marin et la bête monstrueuse.

La musique joua un air de valse pour faire patienter le public. La lumière s'éteignit. Les films commencèrent à défiler.

Ce furent d'abord des scènes d'actualité. Des régiments qui passaient, musique en tête, drapeaux déployés.

Le public applaudissait à tout rompre.

Les acclamations éclatèrent, nourries, quand on présenta un portrait du maréchal Joffre, serrant la main du président Wilson, puis celui de Clemenceau.

— Bravo! Bravo!

Les *Travailleurs de la mer* étaient inscrits, sur le programme de la soirée, après la sixième partie du *Mystère de Tokio*, un film sensationnel publié en roman dans un grand quotidien.

— Tout cela est très amusant, dit Jeanne à sa mère. Mais j'ai hâte d'arriver aux *Travailleurs*... Si l'alerte allait être donnée, quelle déveine!

Enfin, l'annonce parut, en lettres lumineuses, sur l'écran.

LES TRAVAILLEURS DE LA MER

deuxième partie

par Victor Hugo

— Tu vois, maman, tu n'es pas bon prophète... Pas d'alerte...

Le film commença à se dérouler.

Une grotte sinistre, aux parois tapissées de mousse. Un homme aux bras robustes, la poitrine et les jambes nues, la chevelure baignée par le flot, escalade les aspérités... Tout à coup, il recule, terrifié... En face de lui, une bête monstrueuse, qui lance autour d'elle, comme autant de fouets sanglants, ses tentacules... Gilliatt, le héros des *Travailleurs de la mer*, est comme happé par le monstre... Les fouets vivants s'agrippent à sa chair... Ils vont l'étouffer. Mais il est formidablement courageux... Il fonce, le couteau à la main, sur le monstre... Les tentacules retombent... Gilliatt est délivré... La pieuvre n'est plus qu'un effrayant corps flasque et gluant, qui retombe, inerte, à la mer...

Gilliatt est vainqueur.

C'est ensuite l'idylle... Le retour au village... Le pasteur Ebenezer et celle qui lui a donné son cœur... Les tortures de Gilliatt délaissé... La mort de l'infortuné marin, qui laisse le flot monter jusqu'à lui et l'ensevelir à jamais...

C'est fini.

— Eh bien! maintenant, mère, ils peuvent venir, dit Jeanne, encore tout émue des magnifiques visions du chef-d'œuvre du poète.

— Ah non! dit la mère, qu'ils ne viennent pas! Ou qu'ils viennent dans une heure... Moi, je tiens à voir Charlot...

Charlot parut sur le film, et ce fut dans toute la salle un rire énorme...

Les yeux des centaines de spectateurs étaient rivés aux pantalonnades de Charlot...

Brusquement, un mouvement de stupeur cloue cette foule sur les stalles.

Un coup de canon vient de rompre le silence. Puis un deuxième.

— L'alerte! L'alerte!

Il n'y a pas besoin d'autre avis.

On entend claquer les sièges des stalles, qui se relèvent.

Quelques personnes se dirigent vers la sortie.

Jeanne, une fois dans la rue, regarde le ciel.

Il est d'une adorable pureté.

Les étoiles semblent piquées, comme des clous d'or sur la voûte inondée de clarté.

La lune, à son plein, resplendit.

Les maisons se découpent, comme des maisons de jouets d'enfant.

— Les canailles! Ils choisissent bien leur temps... Avec ce clair de lune, ils voient nos monuments comme en plein jour...

La sirène fait maintenant entendre son mugissement sinistre, comme le cri d'une énorme bête en détresse.

Les canons tonnent dans le lointain.

— Les tirs de barrage!

— Les canons des forts!

— Ils ne passeront pas. On fait bonne garde!

— En attendant, Jeanne, nous allons vite rentrer. Nous monterons là-haut prendre les couvertures.

Les deux femmes étaient arrivées à leur logis, rue Cler, une rue du quartier de l'Ecole militaire, non loin de la tour Eiffel.

A gauche de la porte d'entrée, une affiche blanche.

En grosses lettres :

« ABRI POUR 50 PERSONNES. »

Déjà les gens se pressent à la porte.

La concierge paraît, accroche à la muraille une petite lanterne à verres bleuâtres.

— Ne vous pressez pas. Entrez un par un.

Le trottoir s'anime.

Des groupes se forment aux entrées des maisons désignées comme abris.

Les uns portent des pliants, d'autres des chaises ou des tabourets.

Un poilu, qui passe, apostrophe gravement un groupe :

— Ces Parisiens! faudrait les amener au front... Ils en entendraient d'autres...

— En attendant, mon vieux, tu fais comme nous. Tu descends à la cave...

— Parbleu! ça serait vraiment rigolo que je sois zigouillé ici, après en avoir réchappé là-bas...

Et le poilu, riant de sa repartie, s'engouffre sous le portail de la maison de la rue Clerc.

Au loin, le canon tonne toujours, par coups précis, sourds...

— Ça n'est pas encore les bombes! dit le poilu... Je reconnais ça au bruit... Et puis, il leur faut une demi-heure pour venir du front, et il n'y a guère qu'un quart d'heure que la sirène a donné... Mais dans dix minutes, ça va barder.

II

Sur le balcon

Jeanne et sa mère grimpèrent en toute hâte les trois étages qui les séparaient de leur petit appartement.

Sur le palier, elles se croisèrent avec un jeune homme, en costume militaire, qui accompagnait une dame à cheveux gris.

La dame aux cheveux gris était la sœur de la mère de Jeanne; le jeune homme était son fils, aviateur, qui déjà avait fait des prouesses dans l'escadrille de bombardement à laquelle il appartenait.

— Tiens... Jeanne... Et nous qui venions vous voir... un peu tard... Nous avons été surpris, ici près, par l'alerte, au moment où nous sortions d'une maison amie, rue Duvivier... Nous avons pensé à vous... Vous nous donnerez bien asile jusqu'à la fin du bombardement...

— Vous voyez... Nous venons du cinéma... Nous montions prendre nos couvertures... Vous descendrez avec nous à la cave...

— Ah! non! pas de cave, interrompit le jeune homme... Pas de cave... D'abord, moi, je n'y descendrais pas... J'aurais honte.

— Bravo! Paul, s'écria la jeune fille. Maman, et vous, ma tante, vous descendrez. Nous, nous resterons ici, au troisième... Il y a encore deux étages au-dessus de nous... Et, vraiment, il ne faudrait pas avoir de chance pour qu'une bombe de ces canailles de Boches traversât trois plafonds.

Quelques personnes se dirigent vers la sortie (page 3).

— Eh bien! tu es gentille, Jeanne! répliqua Paul... Oui, gentille... tant pis pour les voisins des étages supérieurs, n'est-ce pas?

La jeune fille éclata d'un rire clair!

— Non, Paul, je ne dis pas cela... Mais enfin, je préfère, s'il faut le dire, que la bombe visite nos voisins, et qu'elle nous laisse tranquilles.

La mère et la tante de Jeanne avaient terminé leurs préparatifs.

Un chaud bonnet sur les oreilles — on était aux soirées encore froides du printemps — deux couvertures roulées sous le bras, elles étaient équipées pour le séjour souterrain.

— Alors, Jeanne, tu restes ici, dit la mère... Tu sais, Paul, pas d'imprudences... Et surtout, ne vous mettez pas à la fenêtre... C'est une recommandation dont il faut tenir compte. Je lisais encore hier soir sur le journal qu'une dame trop curieuse qui s'était mise sur son balcon, avait été atteinte par les éclats retombants des projectiles... Sans préjudice des bombes, qui peuvent éclater tout près et vous emporter un bras ou une jambe, ou encore la tête.

— Et la tête, ajouta Paul en riant, ma tante, vous savez, ça ne se recoud pas...

Les deux vieilles dames étaient déjà dans l'escalier, en route pour la cave protectrice.

— Maintenant, Jeanne, nous voilà seuls... Apporte deux chaises de la salle à manger et mets-les sur le balcon. Il fait un ciel magnifique... Tu n'es pas frileuse. Je vais t'expliquer ce que c'est qu'un bombardement... Et puis, nous allons voir des choses impressionnantes... comme on n'en voit pas au cinéma.

— Ah! pardon, Paul. Je viens de voir les *Travailleurs de la mer*, et je t'assure que c'est tout ce qu'il y a de plus intéressant.

— Peuh! dit Paul. Ça ne vaut pas, comme impression, une bonne bombe qui éclate et fait sauter tout autour d'elle... Ah! si Gilliatt avait eu une bombe! Il n'aurait pas eu besoin de faire tant d'efforts pour venir à bout de la pieuvre... Ce qu'elle aurait dansé, la pieuvre!

Jeanne apporta les chaises.

Les deux jeunes gens s'assirent l'un près de l'autre.

Ils commencèrent par garder le silence.

Tout, autour d'eux, y invitait.

Le spectacle était d'une grandeur tragique.

Dans le ciel, éclairé par le disque d'or de la lune en son plein, les faisceaux lumineux des projecteurs balayaient l'immensité.

De larges traits de lumière couraient d'un bout à l'autre du ciel, fouillant le désert plein d'étoiles.

— Tiens, remarque Jeanne, le projecteur s'arrête. Le voilà immobile.

— Oui. A-t-il découvert un appareil ennemi? Dans tous les cas, il est sur la trace de quelque chose d'insolite...

A ce moment, un ronflement se fit entendre distinctement. C'était comme un bourdonnement, tantôt sourd, tantôt aigu.

— Ça, dit Paul, c'est un avion... Un avion boche.

Dans le ciel, des éclatements lumineux se pressaient comme de grosses étincelles.

Jeanne interrogea son compagnon :

— Ce sont, ma chère Jeanne, les obus, les nôtres, qui éclatent là-haut. Et c'est leur explosion que nous voyons d'ici, comme une rayure de feu... Au fait, les obus qui éclatent, ce sont autant de petits projectiles qui peuvent nous atteindre... Les éclats... Nous ferions peut-être bien de rentrer nos sièges à l'intérieur...

— Non, dit Jeanne, émerveillée du magnifique spectacle... Non... Je n'ai pas peur. Suis-je pas près de toi?

Il y eût quelques minutes de silence.

On n'entendait plus le ronflement du moteur de l'avion ennemi.

Du ciel où ils étaient restés rivés jusqu'ici, les regards des deux jeunes gens s'abaissèrent à la rue.

Là, c'était l'obscurité.

Des autos passaient, rapides.

Un réverbère à capuchon, couvert de son enveloppe bleuâtre, restait seul allumé.

Un chien aboya.

Puis on entendit une voix jeune et fraîche, qui entonnait hardiment la chanson à la mode, *Madelon*.

Quand Madelon vient nous servir à boire...

D'autres voix reprirent en chœur le refrain populaire.

— Avez-vous fini? cria une voix d'homme.

— Eh! mon vieux! ce n'est pas *Madelon* qui va appeler les Boches! Ferme ça!

De nouveau les canons tonnèrent.

Le ciel était traversé toujours de raies lumineuses.

Tout à coup une détonation sourde, qui fit vibrer les carreaux des fenêtres, retentit.

— Une bombe! dit Paul.

Jeanne, d'un mouvement instinctif, se serra contre le jeune homme.

Autre explosion, plus rapprochée.

— Il me semble, dit Jeanne, entendre comme un écroulement... Ce n'est pas loin d'ici... Heureusement que maman n'entend rien, dans sa cave... Pauvre maman, ce qu'elle aurait peur! Moi, je n'ai pas peur... Je ne veux pas avoir peur...

Peu à peu, les canons s'étaient tus.

— Ils sont partis, dit Paul... Bon voyage.

Les deux jeunes gens rentrèrent dans la salle à manger.

— Maman ne remontera, dit Jeanne, que lorsque la berloque aura sonné.

Vingt minutes s'écoulèrent. On entendit enfin le signal bien connu de la voiture des pompiers.

Les notes claires du clairon, sonnant la berloque, percèrent le silence.

— C'est fini, dit Jeanne... J'ai tout de même le cœur serré, en songeant aux victimes... Car il y aura des victimes. Nous ne saurons cela que demain...

Les cloches sonnèrent à l'église Saint-Dominique, voisine de la rue Cler, où habitaient Jeanne et sa mère.

L'alerte avait pris fin. Elle n'avait duré que trois quarts d'heure.

III

Conversations dans une cave

EH bien! cria la mère en faisant son apparition, sa couverture roulée autour de la taille... Eh bien! il ne vous est rien arrivé?

— Non, mère... Tu vois que nous sommes là. Pas le moindre éclat d'obus... Mais, ces explosions! Il m'a semblé qu'elle venaient de loin... Paul croit que les bombes ont dû tomber sur la rive gauche... C'est précisément là que vous habitez, ma tante, dit Jeanne angoissée... Ah! les canailles! Les canailles!...

— Et vous, dit le jeune homme, comment avez-vous passé votre petite heure de souterrain? Le temps vous a peut-être paru long dans l'obscurité de votre cave; mais l'alerte, au fond, a été courte. Les avions boches, après avoir lancé quelques bombes, ont dû vite rebrousser chemin...

— Ma foi, Paul, je t'avoue franchement que j'ai passé une heure très désagréable — puisque tu me dis que ça n'a duré qu'une petite heure. Moi, je croyais que le temps avait passé moins vite... Bref, j'ai eu froid, malgré mes couvertures! Et l'atmosphère de la cave n'était pas précisément pas d'une pureté sans mélange... Aussi, pourquoi a-t-on donné l'ordre de boucher les soupiraux? Il n'y a plus de courants d'air... Et, si j'ose dire, ça ne sent pas très bon là-dedans... Il y vient toute sorte de monde. De braves gens, cela va de soi... Mais qui apportent avec eux des paquets, de la charcuterie, du vin, comme s'ils voulaient vivre là des jours et des jours...

— Alors, tante, pourquoi y allez-vous vous-même? Vous voyez bien qu'on ne court pas grand risque à rester chez soi. Jeanne et moi, nous avons passé une heure exquise sur le balcon...

— Comment, enfants que vous êtes, vous êtes restés sur le balcon? Mais c'est une imprudence inqualifiable...

Les deux jeunes gens éclatèrent de rire. La bonne dame reprit son discours.

— Oui... je fais mal de descendre à la cave. Je le sais. J'avais, à côté de moi, le docteur du second, qui nous a fait tout un petit cours de médecine... Il nous expliquait, le brave homme, les dangers que l'on courait... Pourquoi descendait-il lui-même?... Sa femme avait peur, et il l'accompagnait.

— Qu'est-ce qu'il disait, le médecin?

— Il nous disait qu'entre un danger, celui de recevoir une bombe chez soi, danger très problématique, puisque la proportion des maisons atteintes est très minime, et le vrai péril, celui d'attraper un refroidissement, et même une pleurésie, il n'y a pas à hésiter... Il faut courir le faible risque de la bombe et éviter la pleurésie qui peut être mortelle.

— Voilà qui est parler net. Alors, tante, vous ne descendrez plus? La bonne dame fit une moue à demi souriante.

— Je verrai cela.

— Ah! ma tante, moi,— dit le jeune homme — je suis bien sûr que lorsque vous entendrez encore la sirène, eh bien! vous roulerez vos couvertures et vous irez vous réfugier, comme ce soir, dans la cave. Voyez-vous, la peur, ça ne se commande pas...

— Oh! toi, je sais que tu es un guerrier sans peur. Ne te moque pas des vieilles gens.

— Ma tante, je ne me moque de personne. Car j'ai eu peur, moi aussi, quand pour la première fois, j'ai entendu la sirène...

— Comment, toi, Paul? interrompit la jeune fille, tu as peur des sirènes?

— Oui. Et je vais vous conter cela, avec toutes les précautions possibles. Car, vous savez, nous autres aviateurs, nous ne devons jamais dire où nous allons...

Jeanne, d'un mouvement instinctif, se serra contre le jeune homme (p. 7).

Les deux bonnes dames et Jeanne écoutaient, tout émues d'avance.

— On nous avait donné — commença Paul — l'ordre d'aller bombarder une ville allemande, dont je tairai le nom. Nous étions partis, cinq de mes camarades et moi. Pendant trois heures, nous volâmes sans arrêt, bien entendu, et sans incident. Nous approchions de la ville à une hauteur de mille mètres seulement, quand, brusquement, un cri perça le silence. C'était un cri faible, comme le vagissement d'un enfant, à peine perceptible. Une légère brume s'étendait, comme un voile, sur la ville que nous menacions. Nous résolûmes de descendre plus bas, afin de distinguer, s'il était possible, les principaux points de chute que nous devions atteindre, une gare, une usine. Nous n'étions plus qu'à quelques centaines de mètres au-dessus de nos objectifs... Tout à coup, un vacarme effroyable nous entoura... Les canons tonnaient. Et ce cri que j'avais entendu, quelques secondes auparavant — car dans notre métier, on fait beaucoup de choses en quelques secondes — le cri devenait plus perçant, plus sinistre... Je n'eus pas de peine à reconnaître le cri de la sirène d'alarme... Je ne sais pourquoi, ce jour-là — nous étions en plein jour, par une belle matinée d'été — le mugissement de la sirène allemande me semblait lugubre, annonciateur de quelque mauvais coup. Je sentis un frisson me secouer. Allais-je être descendu par quelque balle de shrapnell ou par quelque éclat de percutant? Je me ressaisis.. J'appuyai sur le déclic... ma bombe mise en liberté, s'échappa. Alla-t-elle frapper quelqu'un des buts assignés, je l'espère... Quand nous eûmes lâché toutes nos bombes, nous reprîmes le chemin de la frontière, poursuivis par les tirs des canons boches... Je me sentais tout léger et tout fier... Ça n'empêche pas que, fût-ce une seconde, j'ai eu peur... peur de cette maudite et lugubre sirène boche...

— Vous voyez bien, dit la tante, qu'on peut avoir peur et être brave en même temps... Viens, Paul, que je t'embrasse.

— Non, pas toi, mère, dit la jeune fille. C'est moi qui l'embrassera pour nous deux...

IV

La voix des sirènes

P AUL avait prononcé le mot de sirène.

— Tes sirènes, mon cher Paul, dit la tante, je les connais. Tout à l'heure, dans ma cave, comme tu dis avec dédain, on n'a parlé que d'elles. Un ami du médecin, un ingénieur, nous a expliqué leur fonctionnement. Je sais, moi aussi, pourquoi elles brâment si désespérément d'un ton lamentable. Et il paraissait s'y connaître, l'ingénieur!

Au même instant, à la porte de l'appartement, restée entr'ouverte, se montrait un homme d'une cinquantaine d'années, tenant à la main un tabouret. L'homme remontait lentement l'escalier, venant certainement de la cave où il avait dû s'attarder à causer avec des voisins.

— Voilà précisément, dit la tante, l'ingénieur qui nous a expliqué le fonctionnement des sirènes. Nous pourrions l'inviter à prendre le thé avec nous. Il n'est pas tard. Vous pourrez encore prendre le métro... Il ne demandera pas mieux que de recommencer devant vous les curieuses explications qu'il nous a données tout à l'heure.

Jeanne apporta les tasses et la théière, plaça des chaises autour de la table de la salle à manger.

L'ingénieur, qui habitait l'étage au-dessus, ne se fit pas prier pour entrer et s'asseoir.

— Alors, vous voulez, mesdames et vous, mon cher jeune héros, que je vous parle des sirènes. Je vais vous expliquer, de la façon la plus simple, comme je le ferais à des élèves de l'Ecole industrielle où j'étais professeur — avant l'occupation de Lille par ces maudits Allemands — ce que c'est qu'une sirène... Si un terme technique vous choque, arrêtez-moi dans mon exposé.

— D'abord, monsieur l'ingénieur, dit Jeanne, la sirène des pompiers.

Jeanne versa le thé dans les tasses.

L'ingénieur commença.

— «Vous avez tous entendu, avant la guerre, les sirènes de remorqueurs, qui font un bruit du diable sur le fleuve, et qui vous réveillent parfois, le matin, aux premières heures du jour quand il fait si bon continuer son somme... Ces sirènes ne sont pas, à vrai dire, des sirènes, ce sont de simples trompettes... Les sirènes des alertes n'ont rien de commun avec elles, pas plus qu'avec les sirènes des locomotives, qui jettent, dans la nuit, leur note triste et perçante. Les navigateurs perdus dans la brume, prêtent l'oreille aux sirènes des phares, qui leur signalent la côte proche ou les écueils. Mais ces sirènes-là, je vous le répète, ne sont pas des sirènes d'alerte. La sirène d'alerte, qu'elle soit placée sur la voiture des pompiers ou qu'elle soit élevée sur les tours Notre-Dame, est une toute autre sirène. Ce préambule achevé, j'entre, comme je disais dans mon cours à l'école, dans mon sujet.

« Asseyez-vous avec moi sur le siège de la voiture des pompiers. Voyez à gauche, accolée à l'avant de la voiture, une petite boîte cylindrique, dont le pourtour est troué de fentes larges d'un demi-centimètre. Dans cette boîte, perforée sur toute sa circonférence, tourne une autre boîte également perforée, qui, dans son mouvement tournant, extrêmement rapide, des milliers de tours à la minute, happe l'air extérieur et le force à s'échapper par les fentes du pourtour, frappant avant de sortir, les lames de couteau des ouvertures. C'est en frappant violemment les bords coupants que l'air crée ces sons, à la fois bruyants et vibrants, qui s'échappent en mugissements, tantôt aigus, tantôt graves, suivant la vitesse imprimée au cylindre tournant.

— Je vois, dit Paul... Mais, comment imprimez-vous au cylindre intérieur, qui fait, si je ne me trompe, l'office d'un petit ventilateur, le mouvement extra-rapide qui est la source du son, du cri de la sirène?

— C'est bien simple, dit l'ingénieur. J'ai là, sous mon pied — n'oubliez pas que je suis assis sur le siège de l'auto — une pédale. Je la presse. Elle met en contact une came de caoutchouc avec le volant, et par l'intermédiaire d'un câble en spirale d'acier, qui se tord, cette vitesse est communiquée au cylindre percé de trous, qui tourne alors, happe l'air et le projette sur les ouvertures par lesquelles il ne peut sortir qu'en sifflant... et quel sifflement! C'est tout.

— J'ai compris, dit Jeanne. Mais, ça ne fait rien, je préférerais, pour mieux me rendre compte, faire manœuvrer moi-même la sirène... Est-ce qu'on ne peut pas monter, comme vous l'avez fait, sur le siège d'une des autos des pompiers, et faire soi-même un petit mugissement? Ah! ce que cela me ferait plaisir! Il me semble que je n'aurais, ensuite, plus jamais peur.

— Mademoiselle, cela ne tient pas à moi. Mais je ne demande pas mieux que de vous conduire un matin au poste voisin de pompiers, et je suis sûr que l'officier de service ne se refusera pas à compléter mes explications par une petite leçon de choses.

— Et les sirènes de nos monuments?

— Ces sirènes, reprit l'ingénieur, ne diffèrent en rien de celles que vous venez de voir sur les voitures des pompiers. Comme il n'y a pas, là-haut, de moteur d'auto pour les faire tourner, on a installé près d'elles une petite dynamo, qui reçoit son courant d'une station électrique. Il y a aussi les pavillons, d'immenses pavillons de deux mètres de longueur, en forme de pavillon de phonographes. Il y en a six ou huit, selon les sirènes. C'est par ces pavillons que se propage la voix des sirènes.

— Et combien y a-t-il de sirènes pour avertir Paris?

— En ce moment, il n'y en a pas loin d'une vingtaine. On calcule que la voix de ces sirènes peut se propager jusqu'à 1.500 mètres de leur point d'installation. Paris peut être ainsi facilement averti du péril.

L'ingénieur prit congé de ses auditeurs. L'heure du dernier métro approchait. La tante et l'aviateur se hâtèrent vers la station voisine.

— A la prochaine alerte! dit Jeanne. Et, surtout, ma tante, songez à la pleurésie. Ne descendez plus à la cave. Restez, comme moi — et comme mon cousin — sur le balcon, quitte à recevoir les éclats des shrapnells... C'est moins dangereux.

VI

Nénette et Rintintin

Le lendemain matin, à la première heure, Jeanne ouvrit le journal.

Le communiqué marquait l'heure du commencement et de la fin de l'alerte. Il ne disait rien de plus ou pas grand'chose.

Bientôt cependant, des conversations de quartier, chez les boutiquiers, lui apprenaient que des bombes étaient tombées, comme l'avait prévu son cousin l'aviateur, dans le quartier du Panthéon.

Pas de victimes. C'était là le principal. Quelques dégâts matériels. Des éclaboussures aux maisons.

— Allons voir cela! dit la jeune fille à la mère.

Jeanne et la mère, après déjeuner, se mirent en route.

Elles traversèrent l'esplanade des Invalides, longèrent les quais et arrivèrent au quartier Latin, où l'on disait qu'il était tombé des projectiles.

— C'est drôle, maman, dit Jeanne. Je ne vois rien. Et il me semble que ces avions boches font beaucoup de bruit pour bien peu de besogne. S'ils croient que c'est avec ça qu'ils vont jeter parmi nous la terreur, ils ont bien tort, ma foi! Non, vrai, je ne descendrai jamais à la cave, ni toi non plus, n'est-ce pas, maman?

Les deux femmes se dirigèrent vers le Luxembourg.

Le jardin était plein de verdure et de fleurs.

Elles avisèrent un gardien, qui, placidement, sommeillait sur un banc, à l'ombre des arbres.

— Pardon, monsieur le gardien. On nous a dit qu'il était tombé des bombes par ici. Vous ne pourriez pas nous renseigner?

— Des bombes! exclama le brave homme... Oui, c'est exact... Pour moi, j'ai dormi comme un loir. Non, ce ne sont pas les bombes boches qui troublent mon sommeil. J'ai déjà entendu le bombardement en 1871, quand j'étais garde national au 248e bataillon. Ça ne me fait plus peur...

— Très bien, dit Jeanne, mais où est-ce?

Le gardien fit un geste, indiquant du bras une direction, vers le boulevard Saint-Michel.

— Là... Là... Faites une centaine de pas, et vous y serez.

Les deux femmes continuèrent leur promenade.

Dans les arbres, les merles sifflaient leur chanson du printemps.

Les fleurs s'ouvraient, exquises avec leurs corolles parfumées.

Les reines de marbre du Luxembourg songeaient.

— Voyons, maman, est-ce que nous sommes vraiment dans une ville bombardée! Les oiseaux chantent, les fleurs répandent leurs senteurs délicieuses, et je vois, là-bas, les gosses qui font marcher, sur la pièce d'eau, leurs petits bateaux.

Les deux femmes s'engagèrent dans une allée qui ouvrait sur le boulevard Saint-Michel.

Là, le spectacle changeait.

A peine avaient-elles marché quelques pas, qu'elles se trouvèrent en pleine dévastation.

Une excavation profonde barrait la chaussée, et, tout à l'entour, les murs étaient mouchetés de blessures, creusées par les éclats de la bombe.

Aux fenêtres, les vitres, éclatées, marquaient la force de l'explosion.

Un groupe stationnait devant le trou creusé par la bombe.

— Fort heureusement, disait l'un, qu'il n'y avait personne là... Voyez-vous que quelqu'un se fût trouvé sur le passage, sur la trajectoire, comme on dit, de l'un de ces éclats qui ont entamé si profondément la pierre... Ce qu'il aurait été traversé de part en part...

Jeanne ne semblait pas, à vrai dire, si émue que cela.

— Vois-tu, maman, ce n'est pas, je te le répète, avec cela que les Boches nous réduiront... J'en conviens, ce serait ennuyeux de se trouver, là, juste à l'endroit où ça éclate. Mais, la chance est bien minime... Et puis, ils en voient bien d'autres, au front, nos poilus... Faut pas, comme ils disent, nous en faire... A propos, si nous allions voir ma tante. Elle demeure tout près.

Jeanne et sa mère se dirigèrent vers la demeure de la tante.

— Ma pauvre mignonne, dit tout de suite la bonne tante, ce que je suis heureuse d'avoir été chez vous, rue Cler. Il paraît que ç'a été épouvantable... Moi, je n'ai pas même eu une vitre brisée, mais l'explosion a été formidable. Ma voisine en est encore toute retournée.

— Mais, enfin, tante, vous n'avez rien... rien...

— Non, ma fille. Mais faudrait pas que ça recommence.

— Et Paul?

— Paul? Il est sorti. Ce matin, il est allé voir « le trou ». Et quand il est revenu, il était tout furieux. Il ne parlait que de représailles.

— Oh! ce que je vais leur en mettre, disait-il, au prochain raid. Et ce ne seront pas leurs sirènes, qui, cette fois, me feront peur, dussent-elles brâmer comme des girafes...

Jeanne et sa mère se dirigèrent vers la demeure de la tante (page 14).

— Des girafes? dit Jeanne en riant. Pourquoi des girafes? Est-ce qu'elles brâment si fort que cela?

— C'est une façon de parler, dit sentencieusement la mère de Paul. Jeanne, tu te ris toujours des choses sérieuses. Ça nous portera malheur un jour, ou, plutôt, une nuit.

— Oh! moi, je m'en moque, dit en riant la jeune fille. D'abord, je suis à l'abri. J'ai mon fétiche.

Et Jeanne, ouvrant son manteau, découvrit, sur son corsage, deux petits bonshommes de laine, un jaune et un bleu, qui se balançaient agréablement au bout d'une cordelette.

— Qu'est-ce que c'est que cela? dit la tante.

— Cela, ma tante, c'est un fétiche. Qui le porte sur soi peut traverser les bombes, sans recevoir le plus petit éclat. Celui-là — et elle faisait danser le pantin jaune — c'est Nénette. L'autre, c'est Rintintin. L'un est pour les gothas, l'autre pour les berthas. Ainsi, si je suis brave, c'est que j'ai des raisons pour cela.

La tante ouvrait tout grands les yeux.

— Et où as-tu acheté cela?

— Mais, dans la rue. Un camelot me les a offerts, et vous devez penser si j'ai sauté dessus avec joie.

— Achète m'en deux, dit la tante.

Non, ma tante. Je vous donne les miens. Ils vous seront doublement chers, et ils vous protégeront deux fois pour une.

Et, ce disant, la jeune espiègle détachait de son cou les deux pantins de laine, et les passait au cou de sa tante.

— Nénette et Rintintin, mes fidèles fétiches, protégez ma bonne tante. Faites qu'elle ne reçoive aucune bombe sur sa maison — et qu'elle n'attrape aucune pleurésie dans sa cave.

— Et pourquoi, dit la tante, leur a-t-on donné à ces amulettes, ces deux noms baroques, Nénette et Rintintin?

— Ma chère tante, je n'en sais trop rien. Ou, plutôt, je le sais, depuis que je l'ai lu dans un journal. Je vous donne l'explication pour ce qu'elle vaut... Nénette et Rintintin sont deux créations d'un de nos artistes les plus réputés, qui les avait dessinés, avant la guerre, pour un de nos grands magasins, où, à l'occasion des fêtes de Noël, elles devaient être livrées au commerce. Le dessinateur les avait baptisées des deux noms dont ils s'appelaient, sa femme et lui, dans l'intimité familiale. La femme appelait son mari Nénette, et le mari appelait sa femme Rintintin. C'est peut-être le contraire, je ne sais. L'histoire est amusante, et touchante, n'est-ce pas? Aujourd'hui, Nénette, c'est la poupée de laine, et Rintintin c'est son compagnon... Vivent Nénette et Rintintin, ma tante. Et qu'ils vous protègent...

VI

Dans le Métro

JEANNE et sa mère regagnèrent la rue Cler, quand le soleil était déjà prêt de disparaître à l'horizon.

— Ils sont venus hier... Ils feront comme nous ce soir, dit en riant la jeune fille, ils vont se reposer. Et puis, maman, tu l'as vu comme moi, ce n'est pas si terrible que cela, leurs incursions de gothas. Quelques écorchures aux murailles, un trou dans le macadam... Il n'y a vraiment pas là de quoi s'émouvoir outre mesure.

Les deux femmes, après le dîner, se mirent au lit, certaines de pouvoir se reposer le soir des émotions de la veille.

Elles dormaient du plus profond sommeil, quand, de nouveau, le canon fit vibrer les vitres de leurs fenêtres.

— Maudits Boches! dit la mère... Ils ne nous laisseront pas tranquilles une seule nuit!

Jeanne regarda sa montre.

— Onze heures moins vingt.

— Pourvu, dit la mère, qu'ils ne nous fassent pas passer encore la nuit blanche...

Au même moment, la sirène jeta sa plainte lugubre.

— Eteignez les lumières! cria de la rue une voix impérative.

Jeanne tira le rideau intérieur.

Toutes deux, assises dans des fauteuils, attendirent.

— Nous n'entendrons rien avant une demi-heure, dit Jeanne. Régulièrement, l'alerte doit être donnée quand ils passent nos lignes. Or, nous sommes à environ 100 kilomètres des lignes... Comme ils font du 150 à l'heure, il leur faut plus d'une demi-heure avant d'arriver sur Paris.

Jeanne calculait mal.

Elle n'avait pas achevé la phrase qu'un coup de canon, puis un deuxième, un troisième, roulèrent dans le lointain.

— Déjà les tirs de barrage! dit la jeune fille. Ils sont venus plus vite que je ne m'y attendais.

Ce fut bientôt un tonnerre, de plus en plus rapproché.

Des coups secs, brisants, percèrent le silence.

— Ce sont nos 75, dit Jeanne.

Elle regarda sa mère qui était toute blanche de terreur.

— Mère, si tu as peur, dis-le-moi, nous descendrons à la cave.

— Non, ma chérie, je craindrais que nous ne prenions froid. Les avertissements du docteur, hier soir, n'étaient guère faits pour m'encourager à descendre de nouveau.

— Eh bien, si tu veux, allons dans le Métro, où nous serons à l'abri. Nous n'avons que quelques pas à faire par la rue Cler et l'avenue de La Motte-Picquet.

La mère se leva, jeta sur ses épaules un manteau.

Les deux femmes furent, en un clin d'œil, dans la rue.

La nuit était douce, les étoiles brillaient au ciel.

Des groupes stationnaient sur les trottoirs.

— Ce n'est pas prudent, faisait remarquer un gros monsieur, emmitouflé dans un cache-nez, comme si la température eût été moins clémente... C'est même très imprudent, de stationner ici. Les éclats d'obus peuvent nous retomber sur la tête...

— Alors, reprit un autre, pourquoi, mon brave homme, faites-vous, comme nous autres, le curieux?

Jeanne et sa mère étaient arrivées à la station du métro.

Elles descendirent l'escalier.

Tout de suite, la mère retrouva son calme.

Les quais étaient noirs de monde.

Les premiers arrivés s'étaient assis sur les bancs.

Les autres restaient debout, ou se tenaient assis par terre.

— Ne descendez pas sur la voie, criait le chef de gare. On a interrompu le courant, mais il vaut mieux rester sur les quais.

Une grosse dame arriva, portant dans son bras son toutou.

— Madame, il est interdit d'amener avec soi des animaux... Faites sortir votre chien.

La grosse dame fondit en larmes.

— Mon pauvre Azor... Je n'ai que lui...

— Enfin, madame, obéissez... Qu'arriverait-il si chaque personne venait avec son chien ou son chat?

Le public éclata de rire.

La grosse dame fit mine de se soumettre. Elle s'éloigna, mais Jeanne la vit s'arrêter dans l'encoignure de l'entrée, gardant avec elle son fidèle Azor.

Le chef de gare haussa les épaules.

Les conversations s'animaient.

— Et pourtant, disait quelqu'un, il faut avouer que nous ne sommes guère plus en sûreté ici qu'au dehors. Si une bombe, une bombe de gros calibre, tombait là — et le causeur indiquait du doigt la voûte du Métro — rien ne lui serait plus facile que de crever le plafond qui constitue notre seule protection... Ça c'est déjà vu.

— Non, répliquait un autre. Une bombe ordinaire ne pourrait

Ce qu'elles virent était bien fait pour serrer le cœur des plus intrépides
(page 22)

pas traverser la voûte. Il faudrait pour cela une torpille. Et, des torpilles, ils n'en portent pas beaucoup... La voûte est du reste plus épaisse que vous ne semblez le croire. Nous sommes là à l'abri.

Quatre compères jouaient aux cartes, comme s'ils eussent été attablés au café.

D'autres discutaient.

— Vous avez rencontré, comme moi, sur votre chemin, disait l'un, de gros ballons allongés.

— Les saucisses?

— Oui, les saucisses.

— Expliquez-moi un peu à quoi elles peuvent être utiles... On m'a dit qu'entre chacune d'elles, on tendait des chaînes, dans lesquelles risquaient de se jeter les avions allemands, ce qui ne manquerait pas de leur être très désagréable.

— Je ne sais pas si on peut tendre, comme vous dites, entre les saucisses, des chaînes ou des filets... Mais ce que je sais, c'est que les saucisses, à elles seules, forment un moyen de protection très efficace. A la vitesse où ils évoluent, le moindre obstacle suffit à faire basculer les avions... Dans l'obscurité, les avions ennemis n'aperçoivent pas le câble de la saucisse, qui n'est jamais vertical... Ils font avec la saucisse un angle parfois assez aigu... Le ciel est ainsi coupé de filets invisibles, une sorte de toile d'araignée dans laquelle peuvent venir se prendre les gothas, comme des mouches dans la toile légendaire... Je ne connais pas encore d'exemple de gotha pris dans les câbles des saucisses; mais on dit qu'à Venise, le système des saucisses a donné d'excellents résultats...

Des coups sourds résonnaient.

Jeanne, qui était restée, avec sa mère, près de la porte d'entrée, ne put résister à la curiosité de voir ce qui se passait au dehors.

Elle remonta l'escalier, après avoir fait à sa mère mille recommandations.

— Je viendrai te prendre tout à l'heure. Attends-moi là, bien tranquille.

Justement, elles avaient rencontré, parmi les personnes qui s'étaient réfugiées dans le Métro, des voisins de la rue Cler. La mère de Jeanne ne restait donc pas seule.

Dès que la jeune fille se retrouva sous le ciel étoilé, le souvenir de la splendide soirée, passée avec Paul sur le balcon revint à sa mémoire.

Comme la veille, les projecteurs fonctionnaient.

Le canon tonnait dans le lointain.

Ce n'était plus, comme le soir précédent, des coups espacés et sourds, mais une formidable canonnade, qui devait tendre au-devant de la capitale attaquée un véritable rideau de feu.

Un bourdonnement continu perça le silence.

— Un avion! cria Jeanne... Un avion ennemi...

Les raies du projecteur se firent plus intenses.

— Ils poursuivent quelque chose... Ils se déplacent... Ils l'entourent...

L'avion ennemi, le gotha, semblait pris au piège.

Jeanne le vit distinctement, comme une bête noire, éclairé violemment.

— Bravo! Bravo! Il est pris.

Mais brusquement Jeanne ne vit plus rien.

Le projecteur avait déplacé ses jets de lumière, poursuivant le gotha, qui fuyait à tire d'aile.

Le ciel s'éteignit.

Le monstre avait échappé.

Au loin, les canons de la D. C. A. (défense contre avion) faisaient toujours rage. Le ciel était parsemé de lueurs.

Des explosions sourdes faisaient trembler le ciel.

Peu à peu, elles s'apaisèrent.

Le silence se fit.

— C'est fini, dit un spectateur... Il ne nous reste plus qu'à attendre la berloque.

— Allons, il est temps de sortir, crie quelqu'un. On n'entend plus rien.

Un à un, les reclus apparaissaient dans l'ombre.

Bientôt, des groupes se formèrent au dehors.

Jeanne reconnut ses voisines, et, avec elles, sa mère.

— Eh bien! maman, tu n'as pas eu peur dans le métro.

— Non. Mais toi, tu as été bien imprudente de rester dehors.

A ce moment, la voiture des pompiers fit entendre son signal habituel.

Les trompettes sonnaient la berloque. Les cloches carillonnaient aux églises.

L'alerte avait pris fin.

— Ça a été rude, disait quelqu'un en regagnant son logis... Voyez, du côté de l'Hôtel de Ville, le ciel est rouge, comme s'il y avait quelque incendie. Ces cochons-là se guident sur la Seine, dont le ruban d'argent brille au clair de lune... Ils n'ont qu'à laisser tomber leurs bombes en suivant le cours du fleuve.

Jeanne, une fois rentrée dans le logement de la rue Cler, se coucha rapidement. Mais elle ne put trouver le sommeil.

Enfin, le jour vint. Elle se leva à la hâte et descendit pour acheter le journal.

Le journal ne donnait, cela va de soi, aucun détail.

Elle résolut, comme elle l'avait déjà fait pour le raid précédent, d'aller se rendre compte par elle-même des dégâts.

VII

Dans les ruines

CETTE fois, ce n'était plus sur la rive gauche du fleuve, mais sur la rive droite, que les bandits avaient opéré.

Comme s'ils eussent été guidés par des renseignements secrets, dans leur course nocturne, ils avaient choisi, pour théâtre de leurs exploits, un vieux quartier, aux maisons anciennement construites. Là, ils pouvaient lancer leurs bombes, avec chance de réussite, semant autour d'eux la terreur et la mort.

Jeanne, vers deux heures de l'après-midi, était partie de la rue Cler, avec sa mère, qui l'accompagnait à regret, mais qui ne voulait cependant pas la laisser seule accomplir le lugubre pèlerinage.

Des barrages d'agents fermaient l'accès des maisons blessées par les gothas.

Les deux femmes se trouvèrent cependant bientôt aux premiers rangs des curieux. Ce qu'elles virent était bien fait pour serrer le cœur des plus intrépides.

— Quelle émotion? leur dit une des sinistrées, heureusement tout le monde s'était réfugié à la cave... La bombe tombe, éclate avec fracas, démolit une partie de la maison, des planchers s'effondrent, des meubles, bousculés, sont précipités dans le vide... tout tremble, on aurait dit que la cave s'effondrait. Il y avait cinquante personnes dans la cave. Ah! nous avons bien cru que c'était notre dernière heure. Une angoisse indicible!... Puis on se regarde tout étonnés d'être encore vivants! Pas une victime, c'est un vrai miracle.

Jeanne respirait.

— Ce n'est pas tout, continua la voisine... Tout près, une autre bombe est tombée, qui, en creusant une excavation, a brisé la conduite de gaz. Le gaz s'est enflammé. Ça a été comme une gerbe de feu, qui s'est élevée, menaçant de tout incendier à l'entour. Des gens affolés, surpris dans leur premier sommeil ont sauté par les fenêtres, risquant de se rompre les os... C'était épouvantable Ah! maudits gothas...

Jeanne et sa mère avaient repris la route de la rue Cler.

Le soir, le temps s'était embrumé. Il n'y eut pas d'alerte. Elles dormirent du plus profond sommeil, après ces deux nuits d'agitation et de terreur.

VIII

Les adieux

PAUL, qui était en permission de dix jours à Paris, devait rejoindre sa base le lendemain.

Il ne voulait pas quitter Paris avant d'avoir fait une visite à la mère de Jeanne et à la jeune fille.

Il se présenta rue Cler dans les premières heures de l'après-midi. Jeanne lisait le journal.

— Ces misérables Boches — dit Jeanne en jetant, d'un geste de colère, le journal — tu sais ce qu'ils écrivent... A les entendre, Paris serait affolé, terrorisé... Les habitants, tous les habitants, déserteraient la ville... Les boulangeries seraient fermées... Tout le monde vivrait dans les caves, nuit et jour... Ah! les imbéciles... Ils ne connaissent pas Paris... Terrorisés, les Parisiens! C'est bon pour les Allemands de Cologne et de Mannheim... Mais ici... Je ne dis pas qu'on voit avec plaisir les gothas, mais de terreur il n'y en a pas. Qu'ils viennent à Paris, les rédacteurs des journaux boches, et ils verront la ville, tranquille comme aux beaux jours. N'est-ce pas, Paul, que Paris n'a pas peur?

Le jeune homme fit un signe amical de dénégation.

— Mais dis-moi, Paul, continua la jeune fille, curieuse, tu as dû voir des gothas?

— Non seulement j'ai vu des gothas ou plutôt des avions de bombardement boches, mais j'ai eu l'honneur de conduire, moi-même, au camp de l'Institut aéronautique de Saint-Cyr, près de Versailles, un des deux appareils récemment faits prisonniers. J'accompagnais celui qui fut obligé, par nos tirs de barrage, lors d'un raid sur la capitale, d'atterrir à Nogent-l'Artaud, près de Meaux. L'autre, que conduisait un de mes camarades, avait atterri dans la région d'Estrée-Saint-Denis. J'ai inscrit, sur mon carnet, les principales caractéristiques de l'avion boche que je montais.

Paul tira de sa poche son carnet, l'ouvrit et lut :

« L'avion allemand mesure 17 m. 50 d'envergure et 9 mètres de longueur. Il a deux moteurs, avec des hélices de 3 m. 10 à l'avant. Il emporte 600 litres d'essence. Il peut voler pendant près de quatre heures, à 140 kilomètres à l'heure. »

— Ils peuvent donc, dit la jeune fille, rester environ trois ou quatre heures en l'air, et ils mettent environ une demi-heure à parcourir la distance qui les sépare du camp retranché.

— C'est cela, dit Paul. Ajoute que les moteurs sont munis de ce qu'on appelle des « silencieux pare-flammes ». Ce dispositif tend à étouffer le bruit du moteur. De plus il empêche tout repérage au moyen des flammes ordinairement produites par l'échappement libre des gaz. L'avion possède trois lance-bombes verticaux pour six bombes de 12 kilogrammes, et huit lance-bombes pour projectiles de 50 kilogrammes, soit environ 600 kilogrammes d'explosifs. Comme il faut toujours que l'Allemand cherche à semer l'épouvante, l'avant de la carlingue de l'avion représente une tête de requin.

Jeanne éclata de rire.

— Ce ne sont pas ces requins-là, Paul, qui te feront peur, dit-elle.

— Ces gothas ont des frères beaucoup plus puissants qu'eux, continua Paul. On construit en Allemagne des gothas qui ont 36 mètres d'envergure, et qui sont actionnés par trois moteurs de 300 chevaux. Un pareil avion peut, paraît-il, emporter deux tonnes d'explosif, dont une bombe de 1.000 kilos.

— Encore une demande, dit la jeune fille. Tout le monde a remarqué que, depuis quelque temps, les tirs de barrage sont plus puissants. Pourquoi?

— C'est très simple. Jadis, on tirait au 75, maintenant on tire avec du 150, et aussi, cela va de soi, avec du 75. Les batteries de défense s'échelonnent, sur tout le camp retranché, jusqu'aux limites de la grande banlieue. C'est un véritable bouclier...

— Je dirai tout cela à maman, dit Jeanne. Ça la rassurera, pauvre maman. Tu sais, cela t'aime bien, maman, elle t'aime comme un fils.

— Et j'espère bien l'être un jour, son fils, dit le jeune homme tout ému... Quand la guerre sera finie... Ce jour-là, Jeanne, nous ne parlerons plus de gothas. Nous aurons bien d'autres douces choses à nous dire...

Les yeux de Jeanne s'emplirent de larmes de joie.

— En attendant, reprit Paul, nous repartons demain, de grand matin, pour rendre à ces maudits la monnaie de leur pièce... Et je te jure, Jeanne, que nous prendrons une bonne revanche des morts et des ruines des deux dernières nuits... Adieu, Jeanne.

— Au revoir, Paul, au revoir, jusqu'au retour... Et frappe fort sur les maudits... Venge nous.

Et son regard ajoutait :

— Je t'en aimerai plus encore.

FIN

Pour paraître vendredi prochain :

L'ODYSSÉE D'UN SOUS-MARIN ANGLAIS